Mano descobre
a ecologia

Esta edição possui os mesmos textos ficcionais da edição anterior, publicada pela editora SENAC São Paulo.

Mano descobre a ecologia
© Heloisa Prieto e Gilberto Dimenstein, 2001

Gerente editorial Claudia Morales
Editor Fabricio Waltrick
Editora assistente Thaíse Costa Macêdo
Diagramadora Thatiana Kalaes
Estagiária (texto) Raquel Nakasone
Estagiário (arte) Daniel Argento
Assessoria técnica Dr. Paulo V. Bloise
Preparadora Lilian Jenkino
Coordenadora de revisão Ivany Picasso Batista
Revisoras Ivone P. B. Groenitz, Kátia Miaciro e Luciene Lima
Projeto gráfico Silvia Ribeiro
Assistente de design Marilisa von Schmaedel
Coordenadora de arte Soraia Scarpa

CIP-BRASIL. CATALOGAÇÃO NA FONTE
SINDICATO NACIONAL DOS EDITORES DE LIVROS, RJ

P949m
3.ed.

Prieto, Heloisa, 1954-
    Mano descobre a ecologia / Heloisa Prieto, Gilberto Dimenstein ; ilustrações Maria Eugênia. - 3.ed. - São Paulo : Ática, 2011.
    48p. : il. - (Mano : cidadão-aprendiz)

    ISBN 978-85-08-14677-2

    1. Ecologia - Literatura infantojuvenil. 2. Meio ambiente - Literatura infantojuvenil. 3. Ética - Literatura infantojuvenil. 4. Literatura infantojuvenil brasileira. I. Dimenstein, Gilberto, 1956-. II. Eugênia, Maria, 1963-. III. Título. IV. Série.

11-2172.   CDD: 028.5
                                                      CDU: 087.5

ISBN 978 85 08 14677-2
CAE: 263256 | Código da obra CL 737973

2017
3ª edição | 7ª impressão
Impressão e acabamento: Intergraf Ind. Gráfica Eireli

Todos os direitos reservados pela Editora Ática, 2011
Avenida das Nações Unidas, 7221 – CEP 05425-902 – São Paulo, SP
Atendimento ao cliente: 4003-3061– atendimento@atica.com.br
www.atica.com.br

IMPORTANTE: Ao comprar um livro, você remunera e reconhece o trabalho do autor e o de muitos outros profissionais envolvidos na produção editorial e na comercialização das obras: editores, revisores, diagramadores, ilustradores, gráficos, divulgadores, distribuidores, livreiros, entre outros. Ajude-nos a combater a cópia ilegal! Ela gera desemprego, prejudica a difusão da cultura e encarece os livros que você compra.

Mano descobre

a ecologia

**Heloisa Prieto
Gilberto Dimenstein**

Ilustrações: Maria Eugênia

MAIOR MICO DO MUNDO

Meu avô Hermano tem manias estranhas. Tipo, quando ele está cismado com alguma coisa, senta numa mesinha e fica jogando paciência. É louco, nunca entendi como um cara tão bravo quanto ele consegue ficar horas fazendo fileirinhas de cartas de baralho.

Tudo começou um pouco antes das férias, no dia em que entrei na sala, ia perguntar como é que ele tinha paciência pra jogar paciência, mas ele já foi logo me perguntando:

– Ei, Mano, você sabe por que se paga mico?

E eu:

– Porque se entra numa roubada, certo?

– Não, é porque a gente não tem paciência de esperar a hora certa. Coitado daquele macaquinho tão simpático do jogo do mico.

Nisso chegou o Oscar, meu melhor amigo, e voou direto pra geladeira, louco de sede e de fome. Meu avô guardou o baralho. Só sei que o Oscar estava irado demais.

– Meu, a gente vai ter de pagar um mico daqueles.

– O que é isso, Oscar, que coincidência, meu avô estava me contando...

Mas eu não consegui continuar porque o Oscar, quando quer contar alguma coisa, simplesmente ignora o que a gente diz e continua falando sem parar.

– Cara, você viu o que o professor disse na aula? A gente agora tem um trabalho de ciências pra fazer nas férias. Ciências!!! Meu, eu odeio trabalho de ciências! Sua mãe combinou de levar a gente pra praia; chega lá, tem de ficar fazendo pesquisa sobre ecologia. Cara, eu já estou tão cansado dos verdinhos, vegetarianos, defensores de bichinhos...

– O que é isso, Oscar? Tá louco, é?

– Ah, tudo bem, eu sei que essas coisas são importantes, só que não na minha praia.

– Que praia, Oscar, você não sai da frente do micro...

– É, mas agora eu estava achando legal viajar com vocês pra beira-mar. Tava até pensando em aprender a surfar...

Olhei para o Oscar, ele é imenso, vive na base do regime, e fiquei imaginando como é que ele ia conseguir equilibrar aquela barriga enorme numa pranchinha...

Nisso entra Natália, minha irmã caçula.

Ela é fanática pelo Japão. Só quer comer sushi, ler mangá – aquelas revistinhas japonesas –, assistir seriado japonês e lutar kendô. Minha mãe queria que ela fizesse jazz, mas ela só quer saber de luta, e luta japonesa, chinesa não vale.

Bom, ela sentou na mesa da cozinha e declarou sem mais nem menos:

– *Eu sei ler o futuro nas cartas.*

Todo mundo riu, mas o Oscar quis pagar pra ver. E não é que ela cobrou mesmo? Quando Oscar abriu a carteira e tirou todas as moedas, achei que ele tinha alucinado.

Shirley, nossa empregada, entrou bem na hora que a Natália abre um baralhinho de mico-preto e começa a bancar a cigana.

– *Hoje o futuro se mostrará para mim. Vejo muito bem o que irá acontecer aos grandes amigos, Mano e Oscar.*

Ela fez um suspense danado, depois tirou a carta do baralho:

– *Mico!!! Vocês vão pagar o maior mico do mundo!!!*

Pronto. Oscar quis o dinheiro de volta; eu saí correndo com o baralho só pra ela ficar brava. Minha mãe estava chegando carregada de compras. Trombada: voou compra pra todo lado. Meu avô veio ver o que estava rolando: escorrega no leite derramado, torce o pé, Shirley entra com o esfregão, o negócio escapa da mão dela, cai na cabeça da Natália, que fugia de fininho para o quarto.

MICO!!! Não é que a pirralha acertou? Mas o pior mesmo é que ela acertou muito mais do que isso, porque mal sabia eu que o mico tava mesmo solto e que a gente ia encarar uma micada daquelas...

5

NAVEGAR É PRECISO

Praia. Verão. A ideia era demais. A viagem foi legal. Tão bom ouvir o barulho do mar...

Chegamos tarde da noite. Minha mãe, Natália, Oscar e eu. Ninguém estava com sono. Ficamos andando na praia. Lua cheia. Estrela pra todo lado. E eu pra minha irmã:

— *Tá vendo? Acabou a sua maldição do mico!*

Pra quê?

No dia seguinte, a gente encontra um jornalzinho na soleira da porta. O *Praieiro*.

A cidade é pequena mas cheia de agito. Eu nem tinha tomado café da manhã quando vi a primeira notícia:

SEM UMA GOTA D'ÁGUA!

Ah, não é possível. Nisso, Oscar acordou. Contei pra ele da falta de água. Ele adorou.

— *Pra que banho? Pra que sabonete? Coisa de playboy, cara.*

Quem ficou uma fera foi minha mãe. E a louça, a roupa?

No primeiro dia sem água, tudo bem.

No segundo dia sem água, a pele começou a coçar. Já viu, né, misturar areia, protetor solar, sol e mar...

No terceiro dia, todo mundo queria voltar pra São Paulo.

Oscar e eu fomos pra praia.

Dia lindo. Mar azul. Cheio de surfista. Meu, os caras eram bons. Resolvi provocar um pouco o Oscar.

— *Ei, você não disse que ia surfar?*

— *E eu vou, cara, só que agora preciso tomar um pouco de sol.*

— *Que sol, Oscar, você está na praia vestindo uma camiseta até o joelho! Tá louco?*

— *É que daí todo mundo vai ver minha barriga. Melhor ficar assim.*

— *Oscar, você não disse que queria ser lutador de sumô, que adora ser gordo, meu, essa camiseta tá podre, tá grudando, tira isso.*

— *Nojento é você, Maninho, todo branquinho, magrelinho, uma caveira velha, dá até pra contar os ossos, cara.*

6

Bom, quando eu vi, a gente já estava brigando feio.

– *É tudo culpa da sua irmã! É tudo por causa daquela coisa do mico, ai se eu pegar a pirralha, encho de tabefe.*

– *Oscar, minha irmã me enche, mas se você encostar um dedo nela eu acabo com você, cara.*

– *Ah, é? Com toda sua magreza? Vem, esqueleto, vem pra cima que você vai ver o que é um verdadeiro guerreiro sumô. Não vai sobrar picadinho. Mano frito com fritas. Vai, cara, vem, vem...*

Meu, eu sou mesmo magrinho, mas se eu fico bravo...

Fui pra cima do Oscar com tanta força que ele rolou pela areia feito bola de futebol. Pulei em cima daquela barriga e levantei a mão para tacar um soco quando alguém me segurou.

– *Ei, calma aí, pessoal. O que é isso?*

Era um surfista. Magro, alto, bem forte, cabelo meio branco, devia ser quarentão.

– *Essa raiva aí de vocês é por causa do sol e da falta de água.*

– *Que nada* – eu gritei –, *é porque o Oscar é um imbecil!*

– *Escute, Oscar, diga aí, como se chama esse seu amigo irado?*

– *Mano.*

– *E eu sou o Frenê. Muito prazer.*

Só então a gente viu a prancha que ele carregava. Os desenhos eram tão bonitos que fica difícil descrever. Depois ele tirou uma garrafinha de água de coco e ofereceu pra gente. Sentamos ao lado dele. Aí eu já estava com muita vergonha de mim mesmo.

E quando eu ia dizer para o Frenê que o Oscar e eu somos amigos, que aquela briga era a maior bobeira, nada a ver, ele deitou na areia, apontou para os surfistas e disse assim:

– *Ele é o que é: o nobre esporte dos reis naturais da Terra. Palavras de* **Jack London**.

Cara, eu conheço Jack London, ele escreveu um livro genial, *Caninos brancos*, a gente leu na escola. E eu ia dizer pra ele que conhecia o escritor quando uma garota de uns dez anos passou correndo com uma pranchinha nas mãos.

– *Olhem só pra garotinha. Sempre fico humilde diante da sabedoria. Palavras de Jack London também.*

Meu, não dava pra acreditar, atrás da garotinha vinha um cachorro cocker. Ela deitou na prancha e foi até a arrebentação. O cachorro ficava correndo pelas ondas rasas.

De repente, ao lado de todos aqueles surfistas, a garota sobe na prancha e desliza feito fada. Quando ela chega na praia, todo mundo a cumprimenta. E o cachorrinho dá um salto e pula no colo dela.

– *Ei, Joana, venha cá!* – disse o Frenê. – *Temos uns amigos aqui pra você conhecer.*

– *Ela é sua filha?* – perguntei.

– *Joana? Não, ela é minha aluna.*

– *Meu, você é professor?*

– *Sou sim...*

Ele ia continuar a falar quando Joana chegou perto da gente, e eu vi que ela devia ter a idade da minha irmã, mas os olhos dela, não. Eles eram muito velhos. Mais velhos do que os do meu avô. Era muito impressionante.

De repente, um bando de surfistas gritou:

— *Ei, Frenê! Vai rolar a festa hoje?*

— *Vai, sim, cara, com certeza!* — Ele virou e perguntou pra gente: — *Vocês querem vir? O ponto de encontro é o meu galpão, quer dizer, minha escola, é fácil encontrar, tem um cartaz grande com o nome* **Navegar é preciso**.

— *Tá certo* — eu disse, meio tonto.

— *Fechado, a partir das nove horas.*

— *Vai ter comida?* — perguntou o Oscar sem a menor cerimônia.

— *Camarão, receita da casa...*

QUANDO O SOL VAI EMBORA...

Na tevê a gente vê tanta cena de romance brega na praia, com pôr do sol e casal correndo em câmera lenta que depois acaba se esquecendo como é lindo ver quando o sol vai embora da praia. É engraçado... a vida real é melhor do que filme, eu acho.

Eu estava sozinho na praia, o Oscar tinha ficado em casa com minha mãe e a Natália.

Eu só queria ficar ali, sentado na areia, vendo o sol vermelho e o mar azul. Mas a Joana passou correndo por mim, deu um sorriso feliz e sumiu com a prancha para o fundo do mar.

Nisso foram chegando uns três homens, logo percebi que eram pescadores. Falavam bastante, davam risadas como se estivessem contando piada, eram fortes pra caramba e a pele deles era bem marcada pelo sol.

Um dos três avistou a Joana, foi até a beira da praia e assobiou.

Ela voltou deslizando, correu em direção ao homem, acho que ele devia ser o pai dela. Joana veio sorrindo, mas, quando se aproximou, ele falou com a garota de um jeito muito bravo, de longe eu não conseguia ouvir as palavras. Os amigos dele ficaram quietos, ouvindo. A Joana não disse nada, mas, quando ela foi embora com eles, reparei que o ombro tinha caído, o rosto estava muito molhado, será que era de lágrima ou só de água do mar?

10

PINK FLOYD E CHILI PEPPERS

Minha mãe não gostou muito da história da festa no galpão do Frenê. Disse que não conhecia ninguém na praia e que onze horas da noite era tarde demais. Ficou combinado que à meia-noite ela ia nos buscar.

Foi fácil encontrar o *Navegar é preciso*. O lugar é o ponto de encontro da praia inteira. Uma casa grande, de madeira, com muita planta, quadros pra todo lado, pranchas pra todo lado e até uma minibiblioteca.

— *Mano, bem que eu queria ter um professor desses.*

— *A gente já tem a Anísia, Oscar.*

— *Vamos apresentar um pro outro! Já pensou? A Anísia não está solteira?*

— *O que é isso, Oscar? Tá virando Cupido, é? Se bem que com essa sua cara de bochecha até que você leva jeito.*

— *Ei, Mano, não precisa detonar, você anda pegando muito pesado, cara. Eu sou um anjo mesmo. Só de te aguentar!*

E a gente já ia começar a discutir quando, de novo, a conversa foi interrompida pelo Frenê.

— *Bem-vindos!!! Querem tomar um banho?*

— *Banho! Cara! Pra quê?*

No fundo do quintal tinha um chuveiro de água pura, direto do poço. Todo convidado podia entrar; sabão, xampu, tudo à vontade.

Eu nunca achei que banho fosse uma coisa tão boa.

Só depois é que deu pra reparar na festa. Era engraçado, uma mesa grande do lado de fora, com muito camarão frito, salada e fruta. E duas salas: uma lotada com uma galera toda tatuada, da idade do meu irmão mais velho, ouvindo música da Califórnia, tipo **Red Hot Chili Peppers**. Na outra, um outro bando ouvindo **Pink Floyd**. Tipo surfista antigo. Quando a gente passava de uma sala pra outra, parecia aquela frase: "eu sou você amanhã". Túnel do tempo. Muito engraçado.

Mas, de repente, entra o mesmo homem que eu tinha visto na praia. Será que ele era mesmo o pai da Joana ou era viagem da minha cabeça?

— *Ei, seu Jonas!!! Trouxe o violão?* — perguntou o Frenê, que depois disse assim pra gente: — *Mano, Oscar, vocês lembram da Joana? Esse aqui é o seu Jonas, pai dela, velho homem do mar, pescador de mão-cheia, toca violão que vocês não vão acreditar!*

A Joana logo apareceu, sempre com o cachorrinho. Agora, estava bem alegre, fez um *oi* pra mim e pro Oscar, depois correu, pegou um banquinho para o pai sentar e ficou encostada perto dele.

Todo mundo se reuniu formando uma roda; aí não tinha mais diferença de idade, nem nada. A Joana ficou bem perto da gente olhando pro pai com uma cara orgulhosa. E seu Jonas começou a cantar.

No começo eu quis levantar e voltar pra casa. Pra mim foi estranho porque eu não tinha gostado muito do seu Jonas, não. Por causa da bronca da praia, sei lá.

Cara, e se eu visse aquilo na televisão, juro que mudava de canal. Era muito esquisito. Aquelas canções não tinham nada a ver com as coisas que eu gosto. Normalmente eu teria achado totalmente brega, mas ali, naquela hora, tudo parecia diferente, e aquela voz grossa, o som meio antigo do violão, as letras que falavam do mar quando bate na praia. Eu disfarcei, mas fiquei com um nó tão grande na garganta...

Foi aí que minha mãe chegou.

Tipo Cinderela à meia-noite.

E foi mais esquisito ainda.

Normalmente, pra mim, mãe é mãe. Quer dizer, nem bonita, nem feia. Cara de mãe e só. Acontece que eu reparei: todos os quarentões se viraram pra olhar. E não é que ela estava bem bonita? E eu logo pensei: "vou acabar com a animação desses caras aí, quer ver?".

E gritei bem alto pra todo mundo ouvir:

– Oi, mãe, nós estamos aqui!

Ela se sentou pertinho da gente. Ficou ouvindo as canções do mar. Sorria bastante. Ela também foi ficando com nó na garganta, eu percebi. O Frenê sentou ao lado da gente. E quando seu Jonas acabou, eles começaram a conversar.

– *Oi, você é o Frenê? Eu sou a Camila. Os meninos falaram de você o dia inteiro!*

– *Celestino Frenê às suas ordens, Camila; os garotos são muito divertidos.*

– *Vai me dizer que você tem o mesmo nome do professor francês...*

– *É isso mesmo. Meus pais também eram professores. Vieram de São Paulo e decidiram criar esse centro cultural aqui na praia. Quando eu nasci, me chamaram assim em homenagem ao* **Freinet**.

– Não estou entendendo nada – eu disse.

– *Freinet foi um professor especial. Dava aulas fazendo caminhadas, ele não gostava de ficar preso ao espaço da sala de aula e, enquanto ia ensinando, pedia para que seus alunos observassem o mundo ao seu redor.*

– *Camila, deixa isso de lado. Vamos fazer melhor. Amanhã eu darei uma aula no mar. Querem participar?*

FLUIR

A aula era na praia. Nove da manhã. Frenê chegou carregando duas pranchas. Atrás dele vinha Joana, com duas pranchas também, a dela e outra.

– *É hoje, pessoal* – ele disse quando sentou na areia.

– *É hoje o quê?*

– *É hoje que vocês pegam a primeira onda.*

– *Eu não disse, Mano, eu não disse?* – repetia o Oscar dando uns pulinhos de felicidade. Frenê gostou da animação. E continuou a dizer:

– *Hoje eu empresto as pranchas pra vocês, mas, depois, o certo é que cada um faça a sua. Reparem nos desenhos.*

– *Meu, eles são muito bonitos. Nossa!*

– *Eles têm o estilo das antigas tatuagens que se faziam nos Mares do Sul. Sabe, eu passei um tempo no Havaí, visitei outras ilhas também. Antigamente, quando os garotos tinham sua idade, eram tatuados como rito de passagem para a vida adulta. Entre os kanakas, a tribo dos melhores surfistas de todos os tempos, cada prancha era construída a partir do tronco de uma única árvore. Era um ritual sagrado. Como se pedissem a bênção e proteção ao espírito que habitava aquela árvore que seria transformada em prancha.*

Frenê ia andando pela praia e nós o seguíamos enquanto ele falava sem parar.

– *É muito lindo, na praia de Waikiki a relva se estende até as águas. O inventor do surfe, tal como o conhecemos agora, foi um sujeito chamado **Duke Paoa**, que nasceu em 1890. Ele venceu a prova dos 100 metros de nado livre nas Olimpíadas. Era filho de um policial de Honolulu. A palavra surfe vem do termo "arrebentação", em inglês. Mas a história do surfe é muito mais antiga. Antes da chegada do **almirante Cook** no Havaí, em 1778, os nativos da tribo kanaka já deslizavam em suas pranchas. Era uma espécie de ritual religioso. Quer dizer, hoje, quando vocês entrarem no mar, será diferente, e se conseguirem pegar uma onda, eu prometo, nunca mais serão os mesmos.*

– *Então, vamos nessa?* – disse o Oscar levantando com a prancha no braço.

– *Só quero dizer mais uma coisa. Quando vocês estiverem lá no fundo, prestem atenção: existem três tipos de ondas. A onda que a gente quer pegar, mas é grande demais, linda demais e a gente pensa que nunca vai conseguir. Depois tem a onda fácil, tão fácil que a gente se esquece de prestar atenção no que está fazendo e cai da prancha. Finalmente, existe a onda que dá certo. A onda perfeita. Aí é o máximo. O único problema é subir na cabeça. Achar que, só porque deu certo uma vez, sempre será assim. Cada onda é uma onda. O tombo também é bom pra gente aprender.*

— *Credo, Frenê, parece que você está falando de namorada* — disse Oscar.

— *Não, eu já namorei muito; agora ando sossegado.*

Frenê sorriu e eu não entendi bem o porquê. Daí ele fez sinal pra Joana e a gente entrou no mar. A Joana ao lado do Oscar, o Frenê ao meu.

Só que, quando a gente chegou na arrebentação, pra mim, toda onda era do tipo 1. Linda, gostosa e boa demais pra eu conseguir pegar. Olhei pro lado. Joana ria muito de mim.

— *Anda, Mano, coragem. Se cair, do chão não passa.*

– *Cair? Joana, eu não consigo nem pegar jacaré! Você acha que eu tenho jeito pra ficar de pé? Tá louca?*

De repente, flutuando na prancha ao meu lado, a Joana arregala o maior olho e aponta pra longe.

– *Mano! Olha só!!!*

E eu vi. Meu, eu vi mesmo. Cara, eu vi e não acreditei no que via. O Oscar surfando. De verdade. Tá certo que perto dos surfistas ele ficava completamente desengonçado, mesmo assim, não é que ele estava conseguindo?

verão de 2001
local: alto-mar
diário de bordo
autor: Oscar, o rei das ondas

Tudo aconteceu rápido demais.
Tentarei descrever minha aventura da maneira mais simples possível.
Lá estava eu, deslizando nas águas.
Ao meu lado, Frenê, o grande.
Olhei para as ondas à minha frente. Imensas. Assustadoras.
Raciocinei com frieza.
Se os surfistas conseguem, eu hei de vencer também.
Lutarei contra o mar, colocarei asas nos pés. Domarei as ondas como se fossem lombos de um cavalo real.
E foi assim que comecei a surfar.
E agora que já o pratico, considero o surfe, mais do que nunca, um esporte de reis...

Nossa, quando o Oscar chegou na praia, todo mundo começou a aplaudir. Não é que ele fez sucesso? De camiseta grudenta, barrigão e tudo?

E eu pensava assim: *"Ai, caramba, ele vai ficar insuportável..."*.

Fui chegando perto pra falar com ele, pra fazer o Oscar cair na real antes que ele me detonasse de vez. Mas ele estava tão feliz, ali, na praia, todo mundo cumprimentando e aplaudindo, que eu fiquei quieto. Fiquei um pouco feliz também. Não deu pra ficar muito contente porque eu sabia que depois ele ia falar horas e horas sobre o assunto e me atormentar porque eu não tinha conseguido surfar.

E bem quando eu pensava nisso, um aviãozinho sobrevoou o mar, todo mundo parou de falar com o Oscar e a praia inteira soltou uma vaia horrível. Olhei pro alto. O aviãozinho levava uma faixa onde estava escrito:

S.O.S. FÊNIX

Quando a gente faz uma grande besteira, daquelas horrendas mesmo, depois fica pensando assim: como é que eu entrei na roubada? Quem foi o primeiro a ter aquela ideia estúpida?

Bem, tudo começou à noite, na praia.

Frenê estava conversando com vários amigos, eu cheguei com o Oscar. Ficamos por perto. É legal ouvir o Frenê. Ele sempre tem ideias que me fazem pensar.

Mas, naquela noite, ninguém estava filosofando. O Frenê estava uma fera. Custou um pouco pra eu compreender. Depois foi caindo a ficha.

Era assim: rolava uma suspeita de que a falta de água da cidade inteira era culpa do tal do condomínio.

— *Como assim?* — eu perguntei. — *Os caras fecham as entradas de água? Desviam tudo pra piscina deles?*

E o Frenê, como sempre, explicou a coisa de um jeito que ficou bem fácil de entender.

— *Mano, a água da nossa praia, a Fênix, vem de dois córregos. Aparentemente, um deles foi invadido pelo condomínio. Parece que cortaram as árvores em torno da água e fizeram um estacionamento em cima da nascente do córrego. Acontece que o estacionamento está começando a erodir, quer dizer, o negócio está, literalmente, indo por água abaixo.*

— *E o outro córrego?* — perguntou o Oscar.

— *Bem, então eles mudaram o sistema de captação de água. Estão captando água na serra, no outro córrego, só pra eles, num ponto anterior. Como fica mais barato, estão lançando esgoto no mar. Está tudo completamente contaminado.*

— *Meu, então por que é que ninguém faz nada?* — perguntei.

— *Porque não temos certeza, o condomínio é fechado, a gente não sabe direito se construíram mesmo o tal do estacionamento no lugar errado. Eles negam tudo, claro.*

A conversa ia longe, já passava da meia-noite, resolvemos voltar pra casa. Quando a gente começou a caminhar de volta, ouvimos um latido. A Joana correu pra perto, o cachorrinho do lado.

Ela sorriu pra mim e o Oscar, pra variar, começou:

— *Meu, eu já sei qual é a solução.*

— *Tá louco, Oscar, você é megalô total. Se o Frenê, que é o Frenê, tá ralando, como é que você já sabe de tudo, cara?*

— *É fácil, eu trouxe o micro, né?*

— *Ai, não, já começou o delírio...*

— *Que delírio, nada, Mano, você é que vive no século passado. Hoje temos a rede, temos as **ONGs** de defesa do meio ambiente. Saca só, a gente cria um movimento: S.O.S. Fênix.*

Solta na rede. A gente conecta com tudo quanto é instituição, tipo assim: praia é para todos, água é para todos, o negócio é incluir, chega de papo de "exclusivo".

E o Oscar falava, falava, falava.

– Mas, Oscar, o Frenê já disse. Ninguém tem certeza de nada. Ninguém consegue entrar no condomínio.

E foi nesse minuto, nessa horinha mesmo, que a Joana olhou bem pra gente, abriu ainda mais os olhos dela, que já são tão grandes, e disse só assim:

– *Eu consigo. Eu conheço um caminho. Vamos nessa?*

Eu queria muito entrar no tal do condomínio, bancar o espião, era uma superaventura. Mas o Oscar não quis.

– *Vocês tão loucos, eu não gosto de perigo, é arriscado demais, e eu estou cansado, vai, Mano, chega por hoje...*

– Ih, Oscar, tá arregando, o que é isso? Você não virou o rei do mar? Vamos lá, cara.

– Não vou, não. Hoje foi demais. Muito legal. Agora meu corpo pede descanso. Eu também estou com fome. Quero comer uma coisinha antes de deitar.

Oscar levantou, saiu pela praia falando sozinho.

De repente, um assobio.

Joana deu um salto.

Era o pai dela chamando.

Saiu correndo pra encontrá-lo.

Fiquei com a impressão de que ela estava com medo.

Continuei ali, sentado na areia.

Do lado direito, a figura do Oscar, tão feliz que até dançava um pouco.

Do esquerdo, a Joana, o ombro encolhido, a cabeça baixa. Como é que pode? Seu Jonas canta tão bem, não era pra ser um cara tão bravo com a filha. Pelo menos, era assim que eu pensava, ali sentado sozinho.

INCLUIR X EXCLUIR

No dia seguinte, o Oscar acordou ainda mais feliz.
– Cara, meu segundo dia de surfista!!!
Ele contava tanta vantagem de surfar que eu já estava ficando irritado.
– Oscar, eu estou aprendendo capoeira, e o mestre disse que eu tenho muito jeito pra coisa, mas não fico falando disso 24 horas por dia. Chega, cara. Tudo bem, foi muito legal, mas já tá bom...
– Inveja mata, Maninho, inveja mata...
Juro que fiquei com ódio do Oscar. A gente já estava chegando na praia e eu estava louco pra dar uns cacetes nele, mas a praia estava completamente diferente. Lotada. Cartazes pregados nas palmeiras. Gente falando no microfone.

CHEGA DE SER EXCLUSIVO!!!
É HORA DE INCLUIR!!!
ÁGUA PARA TODOS!!!

No meio da confusão encontramos o Frenê.

– O que é isso?

– Um protesto contra os responsáveis pelo condomínio. A população exige que eles tomem providências para que a cidade volte a ter água normalmente.

– População? – perguntou o Oscar. – Mas, Frenê, eu só tô vendo moçada, um bando de surfistas.

– Bem, pra falar a verdade, esse protesto foi mesmo organizado por meus alunos. Daqui a pouco quem vai lá fazer discurso sou eu mesmo. Mas vocês não acham que eu tenho razão?

E quando eu ia responder, do outro lado da praia, apareceu um grupo de pescadores liderado por seu Jonas. Todos andando juntos, com cara de muito irados.

– Ih, meu, agora ferrou, o Jonas é cabeça-dura, ele custa pra entender...

Frenê correu até a barraca onde estava a aparelhagem de som e o microfone, mas seu Jonas foi mais rápido. Arrancou o microfone da mão do aluno do Frenê, jogou o cara no chão e começou a falar muito alto, muito bravo, com aquela voz supergrossa de cantor:

– Vocês são um bando de filhinhos de gente rica. Nós, os moradores da vila, precisamos de emprego. Esse negócio de água dá pra resolver. O condomínio trouxe trabalho, trouxe progresso pra nós. É fácil ficar aí reclamando e depois voltar pro seu conforto em São Paulo. Quem quer justiça somos nós!

Nisso, pra complicar ainda mais, um carro blindado de vidro fumê estaciona na estrada. As portas de trás se abrem e descem três homens vestidos como seguranças. Quem será que estava guiando? Será que aquele carro era do dono do condomínio?

Seu Jonas começa a ser vaiado pela galera da praia.

Frenê se aproxima para pegar o microfone.

Os seguranças agarram os braços de Frenê, imobilizando os movimentos dele.

Seu Jonas continua a berrar.

Os surfistas simplesmente pulam em cima dos seguranças.

Nossa, eu só tinha visto essas coisas na televisão.

Maior tumulto. Cacete pra tudo que é lado.

Nisso, Frenê escapa e pede o microfone pro seu Jonas. O cara entrega.

Chega o carro da polícia. Muita gente fotografa a cena. Uns caras aparecem com filmadoras.

– Paz, pessoal, muita paz, vamos encerrar esse protesto. Desse jeito não dá. Seu Jonas tem seu ponto de vista, todos precisam ser ouvidos...

E a confusão foi dispersando.

Acho que tinha gente que não gostava da polícia, tinha gente que não gostava de ser fotografada; seu Jonas foi embora, pisando duro, e os surfistas se afastaram para o mar.

De repente, minha mãe.

Nervosa, preocupada.

– Mano e Oscar, já pra casa, isso aqui tá perigoso.

Obedeci.

À noite, o Oscar já tinha dormido e eu, nada...

Por sorte o Oscar tinha carregado o micro pra praia. Resolvi conectar.

De repente, uma falta tão grande do meu avô...

Meu avô é irado, irritado, difícil pra caramba, mas quando eu fico pirado, ele é a única pessoa que consegue me entender.

Mandei um e-mail contando a confusão.

Acho que eu estava confuso demais.

Pra mim, parecia que todo mundo tinha razão, tanto a galera do Frenê quanto a do seu Jonas. E ficar sem saber quem tinha razão de verdade me dava aflição. Nem sei direito o porquê. Acho que a gente prefere sempre quando é fácil saber quem é do bem e quem é do mal.

Desci pra comer alguma coisa.

Fiquei fazendo hora na cozinha.

Quando voltei, mensagem do meu avô.

hermano@...

Mano, compreendo muito bem seu estranhamento. É difícil quando a gente cresce e começa a perceber que a vida tem mais cores do que o branco no preto.

Na verdade, você está certo. Todos têm razão. Ao mesmo tempo, ambos os lados cometem equívocos.

Tanta gente sonha em ter uma casa na praia.

Tanta gente sonha em estar acima de tudo e todos.

É só reparar em comercial na televisão. O negócio é ser milionário, carro exclusivo, selo vip, mansão. Todo mundo se esquece de que a palavra excluir significa deixar o outro de fora. É estranho pensar que uma palavra dessas esteja em moda, tenha virado sinônimo de riqueza e felicidade. Quem exclui acaba só, no final.

Quer dizer, os responsáveis pelo condomínio, se é que eles têm mesmo culpa e prejudicaram, com sua construção, o fornecimento de água, teriam de encontrar uma solução que beneficiasse a população. Se essas pessoas desviaram as fontes, estão mesmo excluindo. No pior sentido da palavra.

Já seu Jonas também está certo em querer empregos e benefícios. Ele tem razão quando diz que o pessoal da cidade desce a serra, acha lindo viver na natureza durante dois meses e depois volta pro conforto da vida moderna sem permitir que as cidades de praia tenham bons hospitais, escolas e tudo mais.

O certo seria implantar um sistema de hotelaria que considerasse os problemas de fornecimento de água, que respeitasse a natureza local e seus moradores. O turismo seria mais benéfico. Mas, enquanto as pessoas quiserem se sentir superiores, só vai haver muro alto, seguranças (que só geram mais insegurança) e muito atrito.

É, meu neto, como diria Voltaire, "num mundo louco, só nos resta conseguir plantar um pequeno jardim", algo de bom, dentro do que é possível fazer.

INVEJA MATA

Sol na cabeça.
Tombo na água.
Mau humor.
Oscar insuportável de convencido.
E a vontade de fazer besteira aumentava a cada hora passada na praia.
Lembrando de tudo, pensei assim: eu sou bom de capoeira, bom micreiro, magro, rápido em tudo. Pra que ficar com raiva do Oscar? Pra que ficar com inveja dele só porque o cara, uma vez na vida, conseguiu se dar bem num esporte? Inveja é o tipo do sentimento besta. O problema é que quando ela bate... a gente põe o tal do **Caim** no chinelo.

No fim da tarde, de tanto o Oscar contar vantagem e me largar sozinho, fritando na areia da praia, eu não aguentei. Foi saindo um demônio de dentro de mim. Um demônio que eu não conseguia controlar. Eu fui armando:

— Ei, Oscar, ontem você não quis ir até o condomínio porque estava cansado. Pra mim é medo mesmo. Hoje você está aí na praia se cansando de novo. Vai chegar a noite, você vai repetir a desculpa. Mas eu, que te conheço bem, sei direitinho que você tem medo de escuro, medo de se arriscar...

(Eu sabia que era tudo mentira, só queria baixar a bola dele, mas o Oscar caiu como um pato.)

— *Ah, é? Magro Mano, como é que você ousa me desafiar? Então é pra hoje. Chama aí a Joana! Vamos nessa, cara, o grande Oscar em ação! Num minuto a gente descobre se o condomínio é mesmo responsável pelo desvio do córrego!*

Pronto.
Consegui.
Se eu não criasse confusão, não me chamava Hermano Santiago. E, quando a gente chegou na trilha, cara, se eu pudesse, cortava a própria língua. Mas daí já era tarde demais.

O CAMINHO DAS PEDRAS

Breu. Total.

Medo. Medo. Medo.

Medo de escuro, medo de cobra, medo de segurança do condomínio, medo de cair e me machucar. Medo de fazer barulho, medo de levar bronca da minha mãe... vontade de dar uma cacetada no Oscar, que ficava repetindo baixinho: – *Tinha uma pedra no meio do caminho, tinha uma pedra no meio do caminho...*

– *Cala a boca, cara, o que é isso? Pirou é?*

– *É aquele poema, Mano, aquele que a gente aprendeu outro dia.*

– *Quietos, os dois...*

A Joana fez sinal pra gente ficar quieto. A trilha da mata havia terminado. Dava pra ver o muro que cercava o condomínio. Ela fez outro sinal. Para que fosse seguida. Demos a volta. Encontramos um rombo no muro. Entramos. Direto no estacionamento. Pisamos firme. Meu pé afundou. Era verdade. O treco estava detonando. E quando o Oscar pisou, aí, já viu. O chão afundou legal. O cara não aguentou. Gritou. Luzes. Seguranças. Saímos correndo. Feito loucos. Agarrei a mão da Joana, puxei a garota pra perto de mim. Esqueci do cachorrinho dela.

Quando a gente ouviu o ganido, já era tarde. O bichinho sumiu. Ninguém tinha lanterna. Oscar foi na frente, tentar chamar alguém. Fiquei ao lado da Joana. Ela andava de um lado pro outro sem parar.

– *Calma, Joana, espera, o Tubarão é esperto, vai ver só machucou a patinha, a gente dá um jeito.*

Eu disse isso pra ver se acalmava a garota, mas não. Meu, ela me deu um murro no meio do estômago. Caí sentado na hora. Os seguranças com lanternas. Puxei a Joana para trás do mato. Ficamos quietos. Encolhidos. Será que eles iam dar com o Oscar lá na frente? Os seguranças sumiram. Breu de novo.

E a Joana saiu correndo feito louca. Corri atrás. Tropecei muito, caí no chão, mas consegui agarrar a ponta da camiseta. Puxei a menina. Ela virou pra mim e me encheu de tapas no rosto. Por que ela estava me batendo? Cara, eu não entendia nada. De repente, perdi a vontade de entender. Me deu raiva.

Cara, se fosse o Oscar, detonava.

Meu, se fosse qualquer outra pessoa, socava também.

Mas sei lá por quê, não fiz nada disso.

Pelo contrário. Engoli a raiva.

Sem querer, abracei a Joana.

No começo, ela ficou feito uma pedra. Uma prancha viva.

De repente, o corpo dela amoleceu e a garota começou a chorar. E eu chorei também. Chorei de susto. Chorei porque não entendia mais nada daquilo. Só que eu disfarcei, claro. E se ela percebesse? Cara, aí o negócio desandava total.

Quando ela ficou quietinha, eu esperei. Depois senti que ela havia adormecido. Foi quando o Oscar voltou. Junto com ele, seu Jonas, Frenê, minha mãe, um bando de surfistas e... os seguranças do condomínio. Não deu outra. Começou o maior bate-boca. Mas minha mãe me puxou de fininho, trouxe a Joana também. Todo mundo pra casa.

TUBARÃO É SALVO

Encontraram o Tubarão, logo pela manhã. Quando o Frenê entregou o cachorrinho pra Joana, ela o abraçou tanto que achei que o bichinho fosse estourar. Ele tinha se machucado um pouco, claro, estava caído num buraco, mas, quando percebeu que vinha gente, latiu bastante, e o Frenê conseguiu tirá-lo de lá.

Meu, quando ele chegou perto de casa com o Tubarão no colo, foi tipo filme pra criança pequena, gente chorando de felicidade. Muito legal.

SÓ CONVERSA NÃO ADIANTA...

Quando todo mundo se acalmou, teve conversa que não acabava mais.

Tive de contar tudo pra minha mãe, em primeiro lugar.

Depois ela chamou o Frenê.

Contei tudo outra vez.

O difícil mesmo foi falar com seu Jonas.

Juro que eu estava morrendo de medo dele. Pior do que quando a gente invadiu o condomínio. Muito pior que andar no escuro.

Mas, quando ele se sentou ao meu lado e respirou bem fundo, eu senti firmeza.

– *Meu filho* – ele foi dizendo –, *vocês, meninos da cidade, assistem a filmes demais. Ficam pensando que depois é só sair bancando o herói. Eu sei que minha Joana estava junto de vocês. Ela é assim mesmo. Rebelde, desobediente, mas é minha única filha; eu sei que ela é muito inteligente também. E acho que vocês só queriam ajudar. Mas a vida real é outra coisa. Quem nunca passou dificuldades não consegue entender como a gente vive...*

E o medo passou. Veio um respeito tão grande por aquele homem de voz grossa e pele queimada! Fiquei quieto. O que é que podia dizer?

De repente, seu Jonas levantou-se.

– Só conversa não adianta, Mano. Se o pessoal do condomínio tiver mesmo desviado o córrego por causa do tal do estacionamento, bom, então o professor tem razão e a gente vai ter de unir as forças...

VG VOLTA À AÇÃO

Cara, eu não tinha a menor ideia do que fazer.

Eu queria tanto ajudar a praia, os pescadores, mas como?

E pra piorar a situação, estava me sentindo muito bobo.

Porque seu Jonas tinha toda razão.

Ridículo sair bancando o pequeno espião. Que estúpido!

Passei a manhã toda na cama. Com calor e tudo. Só queria olhar pro teto, teto, teto...

Mas o Oscar foi tão legal, que até eu comecei a achar que ele tem razão em ser convencido. Meu, o Oscar é chato, me irrita, mas é amigo de verdade.

— Escuta, Mano, quando eu te falei que era pra gente virar ongueiro, pra chamar os defensores do meio ambiente, você ficou achando que eu estava delirando, né?

— Fiquei sim.

— Mas, veja bem, você concorda comigo, certo, na vida moderna, existem ONGs que defendem as baleias, o verde, as praias, certo?

— Certo.

— E existe o seu avô, líder do VG, certo? Agora, pense comigo, o que é o VG?

— É a ONG criada por meu avô que defende os direitos dos grafiteiros e artistas de rua.

— Então...

— O quê?

— Uma ONG ajuda a outra, certo?

— Não entendi.

— Vamos, cara, pro micro, vô Hermano precisa ser chamado à luta!

Escrevemos contando tudo para o meu avô. Escrever sempre ajuda a organizar as ideias. Melhorei. Até que eu não era assim tão idiota. Posso ser ingênuo. Tive inveja do meu melhor amigo, é verdade. Fiz besteira e pisei na bola. Mas nem tudo estava perdido. Logo chegou a resposta do meu avô.

E quer saber de uma coisa?

Eu senti um orgulho tão grande do meu avô! Ele é bravo, ele é chato pra caramba, dá bronca na gente o dia inteiro, implica com tudo que eu faço, mas na hora do perigo...

Pra mim, dizer vô Hermano é como dizer vô coragem.

Você nem imagina quem foi meu avô.

Um herói. Lutou pela liberdade de expressão. Enfrentou tanta coisa. Sobreviveu à prisão. Ainda bem que eu me chamo Hermano também. O nome dele dá sorte.

Ah, VG é o nickname dele, quer dizer, no tempo da ditadura, um apelido secreto se chamava codinome. Você quer saber o que significa VG? Deixa pra outro dia, porque a história é bem comprida e, no dia seguinte, aconteceu a coisa que eu menos esperava no mundo!!!

REPLAY

Chego na praia.

Gente pra tudo que é lado.

Alto-falantes outra vez.

Discurso.

Mas quem é que estava falando?

Seu Jonas!!!

E quem é que estava aplaudindo?

A galera do Frenê!

Porque seu Jonas, representando a comunidade local, exigia que o condomínio encontrasse uma solução para que a cidade voltasse a ter água.

Já pensou?

Todo mundo do mesmo lado?

Quer dizer, quase todo mundo, porque rolou outra vez a mesma cena.

Carro blindado estaciona.

Descem seguranças.

Caminham no meio dos surfistas, moradores e pescadores.

Param na frente de seu Jonas.

Maior clima.

Silêncio geral.

Suspense.

Desligam o som.

Resultado: pancadaria pra todo lado.

De novo.

"Mano, corre pra casa!"

Era minha mãe.

Replay.

Ficamos em casa o dia inteiro.

À noite, o Frenê apareceu e levou a gente pra dar uma volta na praia.

– O pessoal da incorporadora, os responsáveis pelo condomínio, estão morrendo de medo.

– Como é que é?

– Lógico, eles realmente soterraram a nascente, contaminaram a água e tudo mais. E o pior de tudo isso é que os empregos que eles propiciaram foram todos temporários. Assim que terminar a construção, ninguém terá mais o que fazer. Muitos dos trabalhadores que vieram da cidade terão vontade de ficar por aqui. Resultado: o surgimento de favelas na encosta do morro, mais miséria etc. etc. etc.

– Você acha que eles vão ceder? – perguntou o Oscar.

– Depende de nós.

– Como assim?

– Se a gente deixar tudo isso de lado, o assunto é soterrado exatamente como a nascente.

– Então vocês vão insistir... – eu disse.

– O problema é o tempo, porque, depois das férias, o suprimento que existe será suficiente para a cidade e todo mundo vai se esquecer da história. Quer dizer...

– A gente tem de agitar o lance agora – completou o Oscar.

– É isso mesmo...

– Bom, Frenê, tá na hora de você saber que tem dois aliados.

– Ah, Mano e Oscar, obrigado, eu sei que vocês tentam me ajudar, mas nem sempre é tão fácil assim...

– Não, não é isso, a gente estava falando de outra coisa – eu disse.

– É mesmo? Do quê?

– Do avô do Mano, o líder do VG, e de Oscar, o micreiro, você só conhece uma de minhas habilidades, "a incrível capacidade de surfar"...

– Pronto, já começou, para com isso, Oscar, tá ficando bobo, meu – eu disse, irritado outra vez.

Frenê riu e Oscar continuou:

– Tá certo, surfar eu estou aprendendo, mas navegar na internet é minha grande especialidade...

REDES

Bom, eu reclamei tanto do trabalho de ciências!!!
E minhas férias foram só trabalho.
Mas quer saber de uma coisa?
Foi muito legal!
Oscar, Frenê e eu tocamos o S.O.S. Fênix pra valer.
Várias ONGs de defesa do meio ambiente entraram em contato, ajudando com novas informações, dando apoio pra gente e tudo mais.
Ao mesmo tempo, meu avô pediu ajuda para os amigos dele nos jornais. Virou um escândalo nacional. Um monte de matérias sobre incorporadoras, a falta de cuidado com o meio ambiente, e nelas sempre se destacava a história de nossa praia.
Resultado: as obras da incorporadora foram embargadas.
Pra completar, a galera do Frenê começou a montar uma feira enorme, que o Oscar e eu colocamos na rede virtual.
Maior sucesso.
Apareceu um monte de gente para participar.
O Aladin, sapateiro de clubber, desceu até a praia pra montar uma barraquinha fashion; Joana foi vendendo pranchas junto com os outros alunos do Frenê; a Anna e o Pedro, meu irmão, apareceram pra fazer uma oficina de montar cidades de Lego; Carolina, minha melhor amiga, fez uns desenhos e cartazes muito lindos pra vender na feira.

A feira foi o maior sucesso.

S.O.S. Fênix virou moda.

E a incorporadora arregou.

A fama deles estava horrível...

Quer dizer, meu avô disse que o departamento de marketing da incorporadora tinha medo de que o escândalo abalasse a imagem deles. Melhor ser politicamente correto.

De repente, os caras resolvem mudar radical.

Sabe como?

Destruíram o estacionamento para recuperar o córrego e começaram a fornecer água pra ajudar a população enquanto o fornecimento estivesse com problemas.

Frenê achou muito legal. A solução apareceu bem rápido. É tão raro isso acontecer, ele repetia.

Mas é que os caras eram espertos.

Logo a gente viu aviõezinhos sobrevoando a praia com faixas, só que agora elas diziam assim:

TROPICAL PARADISE
RECANTO ECOLÓGICO
A NATUREZA PRESERVADA SÓ PARA VOCÊ!

Meu avô achou completamente cínico.

"Mano, os fins não justificam os meios", ele escreveu. "Os caras só estão fazendo isso pra melhorar a imagem, sem consciência social."

Não entendi direito. Quer dizer, não tinha dado certo?

"Eles são cínicos mesmo", disse o Frenê, "mas já é um começo...".

Cara, a vida antes era bem mais fácil quando eu achava que o bem era o bem e o mal era o mal.

NOVO MANDAMENTO DA SHIRLEY

Quando eu voltei pra São Paulo, estava cheio de coisas pra contar. Foram as melhores férias da minha vida.

Sentei na cozinha com a Shirley e o Valdisnei, o marido da Shirley.

A Shirley é nossa empregada.

Valdisnei é meu mestre de capoeira.

A Shirley é muito figura e vive inventando uns mandamentos malucos. Tipo assim:

"Não encha seu próprio saco."
"Só se atira pedra em árvore que dá fruto."
"Simplifique, simplifique."
"Tristeza é que nem controle remoto: quando clico, ela sai."

E foi nesse dia mesmo, depois de ouvir toda a conversa, que ela decretou:

"Faça a paz com os inimigos, porque com os amigos é sempre fácil demais...".

Referências

Personagens e personalidades

Jack London (1876-1916) (p. 7)

O verdadeiro nome desse grande escritor americano é John Griffith London. Jack não teve quase nenhuma educação formal. Tudo o que aprendeu veio de seu universo: ele viveu e trabalhou em ranchos, enlatou peixe, colheu ostras, foi carvoeiro, jornalista, procurou ouro e fez muitas viagens pelo mundo. Sua curiosidade e sua sede de aventura estão presentes em todos os seus livros, que falam sobre o homem e a natureza, sobre a nobreza e a humildade. *Caninos brancos*, uma de suas obras mais famosas, conta a história de um lobo nascido na floresta que aprende a viver com os homens.

Célestin Freinet (1896-1966) (p. 14)

Célestin Freinet foi professor primário na França e, em seu trabalho, sempre procurou formas de estimular a produção, a imaginação, a criatividade e o senso crítico das crianças. Freinet queria que os alunos não apenas memorizassem informações, mas conhecessem o mundo a partir de sua própria experiência. Para trazer motivação, ação e vida para a escola, Freinet criou a aula-passeio, realizada nos mais diferentes ambientes. Todas essas ideias fizeram dele um grande pedagogo.

Duke Paoa Kahanamoku (1890-1968) (p. 15)

Duke nasceu no Havaí. Foi um grande nadador e colocou sua fama como esportista a serviço de suas paixões: o solo havaiano, seu povo e o surfe. Praticado há muitos séculos no Havaí, o surfe era uma atividade nobre: por meio dela, os reis havaianos demonstravam sua coragem, força e habilidade. Porém, com a chegada dos missionários às ilhas havaianas, o surfe acabou sendo proibido e quase desapareceu. Duke quis reverter essa situação e fazer o surfe renascer. Seus esforços para divulgar o esporte por todo o mundo o fizeram para sempre conhecido como o pai do surfe moderno.

James Cook (1728-1779) (p. 15)

Considerado o maior explorador e navegador inglês, Cook foi também um grande cartógrafo e elaborou numerosos mapas do oceano Pacífico. Numa época em que os impérios espanhol e português estavam em decadência, as potências ascendentes da França e da Inglaterra se lançaram em busca de novas terras. O almirante Cook comandou diversas expedições que permitiram à Coroa britânica se apossar de novos territórios na região onde hoje se localizam a Nova Zelândia e o Havaí.

Voltaire (1694-1778) (p. 27)

François-Marie Arouet, que ficou conhecido como Voltaire, é um dos maiores escritores europeus do século XVIII. Sua obra atravessa os mais variados gêneros, do teatro à filosofia, da historiografia ao romance. Seu livro mais conhecido, *Cândido ou o otimismo*, escrito em 1758, é um exemplo de sagacidade e ironia. O jovem Cândido é discípulo do Dr. Pangloss, um filósofo seguidor da máxima de que "este é o melhor dos mundos". Mas os infortúnios e dificuldades que Cândido vê e sofre levam-no a duvidar de tamanho otimismo. Após uma série de peripécias, o personagem descobre que o verdadeiro segredo da felicidade é "plantar seu próprio jardim".

Caim (p. 28)

Um dos episódios do primeiro livro da *Bíblia*, o *Gênesis*, narra a história de Caim e Abel, filhos de Adão e Eva. Abel, que se tornou pastor de ovelhas, ofereceu a Deus seus animais, e Caim, que era lavrador, trouxe para ele alguns frutos da terra. Mas, quando o Senhor não deu atenção à oferta de Caim, este, tomado pela ira e pela inveja, atacou seu irmão Abel e o matou. No entanto, Deus resolveu não castigar Caim e lhe deu a chance de continuar vivendo no Éden e povoá-lo com seus filhos.

Citação

Navegar é preciso (p. 9)

A frase "Navegar é preciso, viver não é preciso" foi citada pelo poeta português Fernando Pessoa num texto chamado "Palavras de Pórtico". Segundo um antigo historiador, Plutarco, essas palavras foram ditas pelo general romano Pompeu (106-48 a.C.) a seus marinheiros, que estavam amedrontados e se recusavam a viajar. Fernando Pessoa se vale dessa frase para afirmar seu modo de ser perante a vida, dizendo: "Quero para mim o espírito dessa frase, transformada a forma para casar com o que eu sou: Viver não é necessário; o que é necessário é criar".

Bandas

Pink Floyd (p. 11)

Uma das mais conhecidas bandas de rock inglês, fundada nos anos 60, quando o grupo se tornou o preferido do *underground* londrino. Nos anos 70, o Pink Floyd consolidou-se no cenário internacional como uma das principais bandas de rock progressivo. Influenciado pelo clima psicodélico da época, o grupo fez de seus shows muito mais do que espetáculos sonoros. Os efeitos incluíam projeção de slides, luzes e outros truques. O disco *The Dark Side of the Moon* (O lado escuro da lua) já vendeu mais de 25 milhões de cópias no mundo inteiro. Outro sucesso do grupo foi o disco *The Wall* (O muro).

Red Hot Chili Peppers (p. 11)

O Red Hot Chili Peppers, do desbocado e divertido vocalista Anthony Kiedis, foi formado na Califórnia em 1983. A banda ficou conhecida por sua sonoridade alternativa, uma mistura de *funk, heavy metal* e outros estilos. *Mother's Milk*, seu primeiro álbum de sucesso, foi lançado em 1989 e vendeu 500 mil cópias. Mas o mais conhecido (e, dizem os fãs, o melhor) disco do Red Hot Chili Peppers é *Bloodsugarsexmagik*, de 1991, que equilibra um som instrumental pesado com belas e melódicas canções como "Give It Away", "Under the Bridge" e "Breaking the Girl".

Sigla

ONGs (p. 22)

A sigla ONG – Organização Não Governamental – pode ser aplicada a toda organização da sociedade civil que não está ligada a nenhum governo. As ONGs nascem da inquietação de pessoas ou grupos que resolvem deixar de esperar passivamente a solução de problemas e partem para a ação. Muitas ONGs foram criadas, no mundo todo, para enfrentar problemas como a destruição da natureza, o racismo, a desigualdade social, o preconceito contra as mulheres e os homossexuais. No Brasil, as primeiras ONGs surgiram na década de 80.